Das magische Baumhaus

Band 58

Das verborgene Reich der Inka

Alle **Baumhaus-Bände** auf einen Blick:

Bd. 1: Im Tal der Dinosaurier
Bd. 2: Der geheimnisvolle Ritter
Bd. 3: Das Geheimnis der Mumie
Bd. 4: Der Schatz der Piraten
Bd. 5: Im Land der Samurai
Bd. 6: Gefahr am Amazonas
Bd. 7: Im Reich der Mammuts
Bd. 8: Abenteuer auf dem Mond
Bd. 9: Der Ruf der Delfine
Bd. 10: Das Rätsel der Geisterstadt
Bd. 11: Im Tal der Löwen
Bd. 12: Auf den Spuren der Eisbären
Bd. 13: Im Schatten des Vulkans
Bd. 14: Im Land der Drachen
Bd. 15: Insel der Wikinger
Bd. 16: Auf der Fährte der Indianer
Bd. 17: Im Reich des Tigers
Bd. 18: Rettung in der Wildnis
Bd. 19: Abenteuer in Olympia
Bd. 20: Im Auge des Wirbelsturms
Bd. 21: Gefahr in der Feuerstadt
Bd. 22: Verschollen auf hoher See
Bd. 23: Das Geheimnis des alten Theaters
Bd. 24: Den Gorillas auf der Spur
Bd. 25: Im Land der ersten Siedler
Bd. 26: Abenteuer in der Südsee
Bd. 27: Im Auftrag des Roten Ritters
Bd. 28: Das verzauberte Spukschloss
Bd. 29: Das mächtige Zauberschwert
Bd. 30: Im Bann des Eiszauberers
Bd. 31: Sturmflut vor Venedig
Bd. 32: Der gestohlene Wüstenschatz
Bd. 33: Geheimauftrag in Paris
Bd. 34: Das verwunschene Einhorn
Bd. 35: Angriff des Wolkendrachen
Bd. 36: Der geheime Flug des Leonardo
Bd. 37: Das Ungeheuer vom Meeresgrund
Bd. 38: Das verborgene Reich der Pinguine
Bd. 39: Die geheime Macht der Zauberflöte
Bd. 40: Piratenspuk am Mississippi
Bd. 41: Gefangen im Elfenwald
Bd. 42: Geister in der Nebelnacht
Bd. 43: Das Gift der Königskobra
Bd. 44: Lawinenhunde im Schneesturm
Bd. 45: Die Feder der Macht
Bd. 46: Pandas in großer Gefahr
Bd. 47: Im Bann des schwarzen Hengstes
Bd. 48: Das Geheimnis des Zauberkünstlers
Bd. 49: Abenteuer im Tal der Könige
Bd. 50: Das beste Fußballspiel aller Zeiten
Bd. 51: Der König der Mayas
Bd. 52: Wettlauf der Schlittenhunde
Bd. 53: Das Tor zur Dracheninsel
Bd. 54: Das große Spiel
Bd. 55: Helden im Hurrikan
Bd. 56: Der römische Spion
Bd. 57: Narwal in großer Gefahr
Bd. 58: Das verborgene Reich der Inka

Das magische Baumhaus

Mary Pope Osborne

Das verborgene Reich der Inka

Aus dem Amerikanischen
übersetzt von Sabine Rahn
Illustriert von Petra Theissen

Band 58

Loewe

Für Henry und Rex Corbett

FSC
www.fsc.org
MIX
Papier aus verantwortungsvollen Quellen
FSC® C014496

ISBN 978-3-7432-0985-5
1. Auflage 2021
Erschienen unter dem Originaltitel *Late Lunch with Llamas*

Erschienen in der Original-Serie Magic Tree House™
Magic Tree House™ ist eine Trademark von Mary Pope Osborne, die der Originalverlag in Lizenz verwendet.
Veröffentlicht mit Genehmigung des Originalverlags, Random House Children's Books, a division of Random House, LLC.

Aus dem Amerikanischen übersetzt von Sabine Rahn
Umschlagillustration: Jutta Knipping
Innenillustration: Petra Theissen
Umschlaggestaltung: Elke Kohlmann
Printed in the EU

www.dasmagischebaumhaus.de
www.loewe-verlag.de

Inhalt

Wie alles anfing

Eines sonnigen Tages tauchte ein geheimnisvolles Baumhaus im Wald von Pepper Hill in Pennsylvania auf. Es war voller Bücher. Ein Junge namens Philipp entdeckte das Baumhaus zusammen mit seiner Schwester Anne. Sie fanden schnell heraus, dass Zauberkräfte darin schlummerten und dass sie damit nicht nur an jeden Ort in der Welt, sondern auch kreuz und quer durch die Zeit reisen konnten. Sie mussten nur auf ein Bild in einem der Bücher deuten. Während sie mit dem Baumhaus unterwegs waren, blieb die Zeit in Pepper Hill für sie stehen.

Irgendwann erfuhren Philipp und Anne, dass das Baumhaus der Zauberin Morgan gehörte. Sie war Bibliothekarin am Hof von Camelot, im sagenhaften Königreich des berühmten Königs Artus.

Mittlerweile haben Anne und Philipp schon viele abenteuerliche Reisen mit dem magischen Baumhaus unternommen und im Auftrag von Morgan zahllose aufregende Abenteuer bestanden.

Jetzt schickt Morgan die Geschwister auf vier weitere Reisen, auf denen sie jeweils ein anderes Lebewesen aus dem geheimnisvollen Bereich der Natur retten müssen …

Gar nicht so einfach

Es war später Vormittag. Der Geruch von blühendem Geißblatt lag in der Luft. Windspiele klingelten im sanften Sommerwind. Philipp saß auf der vorderen Veranda und las in einem Buch über Wale, als die Fliegentür aufging und seine Schwester Anne heraustrat.

„Hi“, sagte sie.

„Hi“, erwiderte er.

„Weißt du was? Wir machen heute mit Mom und Dad ein Picknick am See!“, erzählte Anne.

„Super! Ich bin am Verhungern!“, sagte Philipp und schaute dabei nicht von seinem Buch auf.

„Ich auch! Es gibt belegte Brote, Tomaten und Kartoffelsalat“, zählte Anne auf.

„Cool“, fand Philipp.

„Huch! Schau mal, da!“, rief Anne, „ein riesiger Vogel!“

„Guter Witz“, murmelte Philipp und las weiter.

„Ehrlich! Echt riesig!“, beteuerte Anne. „Schau!“

Obwohl Philipp sich sicher war, dass Anne ihn nur auf den Arm nehmen wollte, blickte er hoch zum Himmel.

„Irre!“, flüsterte er.

Ein riesiger schwarz-weißer Vogel segelte über ihr Haus. Seine Flügelspannweite betrug mindestens dreieinhalb Meter.

„Nicht zu fassen!“, rief Philipp und sprang auf. „Das ist ein Kondor!“

„Ein Kondor?“, wiederholte Anne.

„Der größte Geier der Welt!“, erklärte Philipp. „Ein Kondor frisst vor allem tote Tiere, aber gelegentlich jagt er auch kleinere lebende Tiere.“

„Ich finde, das klingt traurig“, sagte Anne.

„So ist das eben in der Natur“, meinte Philipp. „Kondore sind echt der Wahnsinn! Aber eigentlich leben sie gar nicht in Pennsylvania. Wie ist der bloß hierhergekommen?“

Der Kondor schlug einige Male mit den Flügeln und schraubte sich höher. Dann flog er eine Kurve und glitt über den Wald von Pepper Hill.

„Das ist ein Zeichen!“, rief Anne.

„Komm schnell!“, drängte Philipp und schnappte sich seinen Rucksack.

„Mom! Dad! Wir gehen noch mal kurz in den Wald!“, rief Anne durch die Fliegengittertür.

„Zum Picknick sind wir rechtzeitig wieder da!“, ergänzte Philipp.

Die Geschwister sprangen von der Veranda, liefen über den Hof und dann den Bürgersteig entlang.

„Da ist er!“, sagte Anne und zeigte nach vorne.

Der Kondor sauste über die Baumwipfel und verschwand.

„Los! Renn!“, rief Philipp.

Die beiden rannten den Bürgersteig entlang und bogen dann in den Wald von Pepper Hill. Zwischen den Bäumen tanzte Sonnenlicht. Die Geschwister liefen bis zur höchsten Eiche im Wald. Hoch oben in den Zweigen der Eiche war das magische Baumhaus.

„Jippie!“, jubelte Anne.

„Und wo ist der Kondor?“, fragte Philipp.

„Vielleicht sehen wir ihn von oben“, meinte Anne.

Also kletterten die beiden hoch ins Baumhaus.

Auf dem von der Sonne beschienenen Fußboden lag ein Buch.

Philipp hob es auf. Auf dem Umschlag war ein Foto von bewaldeten Bergen, die in weiße Wolken ragten.

„Wahnsinn. Wie schön!“, fand Anne und las den Titel des Buches: *Reiseführer – Die Anden in Peru.*

„Das Gebirge der Anden?“, wiederholte Philipp. „Da wollte ich schon immer mal hin!“

„Ich auch!“, stimmte Anne ihrem Bruder zu. „Onkel Josh war mal dort, erinnerst du dich? In Machu Picchu!“

Sie schlug den Buchdeckel auf, dabei fiel ein Stück Pergament zu Boden.

Anne hob es auf. „Eine Nachricht von Morgan“, stellte sie fest. Sie faltete das Pergamentpapier auseinander und las laut vor:

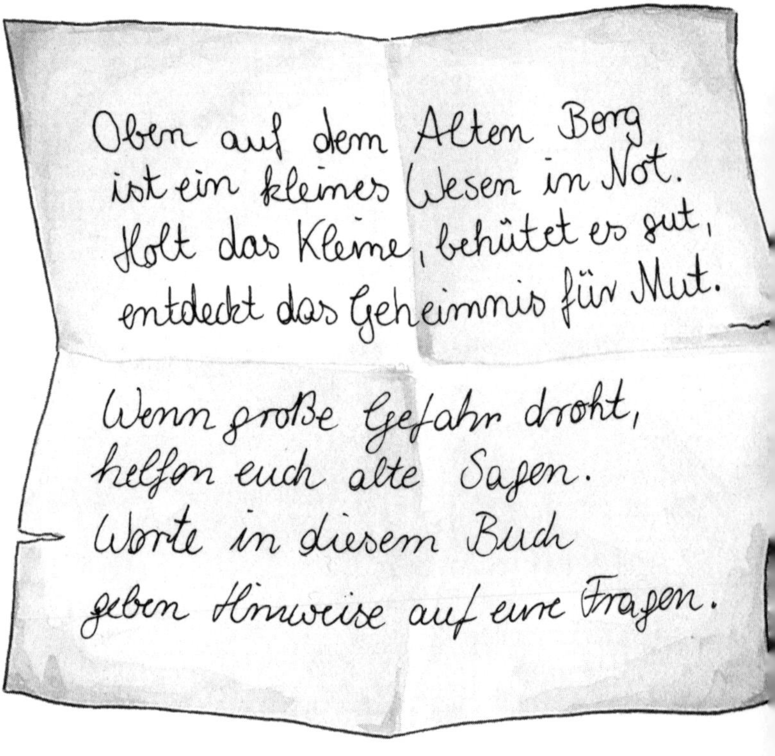
Oben auf dem Alten Berg
ist ein kleines Wesen in Not.
Holt das Kleine, behütet es gut,
entdeckt das Geheimnis für Mut.

Wenn große Gefahr droht,
helfen euch alte Sagen.
Worte in diesem Buch
geben Hinweise auf eure Fragen.

Anne blickte hoch. „Okay“, sagte sie, „bereit?“

„Warte mal“, bat Philipp. „Mehr hat sie nicht geschrieben?“

„Nein“, antwortete Anne. „Wir gehen zu dem Alten Berg. Wir retten das kleine Wesen. Alte Sagen werden uns helfen. Ganz einfach, kurz und bündig!“

„Na ja, so einfach auch wieder nicht“, widersprach Philipp. „Was ist das kleine Wesen? Außerdem stehen in diesem Buch Tausende von Worten. Wie sollen wir da die richtigen Hinweise finden? Und was in aller Welt soll ‚das Geheimnis für Mut‘ sein?“

Anne seufzte. „Lass uns eine Frage nach der anderen angehen. Wir können schließlich ein Problem erst dann lösen, wenn wir wissen, was es ist.“

„Du klingst wie Mom“, meinte Philipp. „Okay. Bereit zum Aufbrechen?“

„Zu allem bereit!“, erwiderte Anne.

Philipp zeigte auf die Berge auf dem Umschlag des Reiseführers.

„Ich wünschte, wir wären im Gebirge der Anden in Peru!“, sagte er.

Wind kam auf.

Das Baumhaus fing an, sich zu drehen.

Es drehte sich schneller und immer schneller.

Dann war alles wieder still.

Totenstill.

Junger Berg

Der Bergwald war voller Vogelgezwitscher und es roch nach Zedern, Nadelbäumen und Holzfeuer.

„Hey, Wahnsinn! Coole Klamotten!“, fand Anne.

Die Geschwister trugen leuchtend rote Wollponchos, braune Baumwollhosen und -hemden, Ledersandalen und gestrickte grüne Wollmützen mit Ohrenschützern und lilafarbenen Quasten.

„Sehr bunt“, stellte Philipp fest.

„Und warm“, meinte Anne.

Ihre Ponchos waren schwer und gingen ihnen bis zu den Knien. Philipps Rucksack hatte sich in eine gewebte Stofftasche verwandelt, die an einem Gurt quer über seinen Oberkörper hing.

Die Geschwister schauten gespannt aus dem Fenster.

„Wahnsinn!“, sagte Anne. „Es ist wirklich schön hier!“

Das Baumhaus war in einem hohen Nadelbaum in einem Wald gelandet, der aus Zedern, Kiefern und eigenartigen Bäumen bestand, in denen große Schoten wuchsen.

Am Horizont sahen sie Berge, um deren Gipfel fedrige Wolken schwebten.

„Die Anden“, sagte Philipp und schlug den Reiseführer auf der ersten Seite auf. Er las laut vor:

Die Anden sind die längste Gebirgskette der Welt. Sie erstrecken sich über eine Länge von mehr als 7.000 Kilometern von Norden nach Süden auf dem südamerikanischen Kontinent.
Hoch oben in den Anden Perus wandern Touristen durch Wolkenwälder und über Bergwiesen.

„Wolkenwälder und Bergwiesen“, wiederholte Anne. „Das klingt wunderschön!“

Philipp blätterte durch das Buch und stoppte bei einem Foto von Männern und Frauen in roten Ponchos und Mützen. Die Bildunterschrift lautete:

Wollponchos werden von den Bewohnern der Anden seit vielen Jahrhunderten getragen.

„Seit vielen Jahrhunderten?“, wiederholte Philipp. „In welchem Jahrhundert befinden wir uns denn?“

„Weiß ich auch nicht“, antwortete Anne. „Aber irgendwie habe ich das Gefühl, als ob wir weit in die Vergangenheit gereist wären.“

„Ich auch“, bestätigte Philipp. „Obwohl ich

gar nicht sagen kann, woher dieses Gefühl kommt."

„Hey, was ist das denn für ein Geräusch?", wunderte sich Anne.

„Was für ein Geräusch?", fragte Philipp.

„Diese Musik! Hörst du sie nicht?"

Philipp lauschte aufmerksam. Tatsächlich: eine sanfte leise Melodie schwebte durch den Wolkenwald.

„Ich glaube, das ist eine Flöte", sagte Philipp.

„Lass uns mal nachschauen gehen", schlug Anne vor.

Philipp steckte den Reiseführer in seine Tasche und kletterte dann hinter Anne die Strickleiter nach unten. Gemeinsam kämpften sie sich durch das dichte Gebüsch.

Im Wolkenwald summten zahllose Insekten. Kolibris und Schmetterlinge flatterten um rote und lilafarbene Blüten. Ein blasser grüner Frosch sprang über eine Baumwurzel.

„Die Flötenmusik kommt von dort drüben", sagte Anne.

Die Geschwister folgten der Musik durch den Wald. Sie kletterten über Felsen und Wurzeln und zwängten sich durch riesige Farne.

Schließlich kamen sie zu einer Lichtung. Dort saß ein älteres Paar vor einer kleinen Hütte.

„Wir haben die Musik gefunden!", stellte Anne fest.

„Pssst!", machte Philipp. „Pass auf, dass sie dich nicht hören!"

Der alte Mann saß im Gras und spielte auf einer hölzernen Flöte, während die Frau Kartoffeln aus der rot glühenden Asche der Feuerstelle nahm.

„Das sieht wirklich nach sehr weit in der

Vergangenheit aus, findest du nicht auch?“, flüsterte Anne.

„Stimmt“, wisperte Philipp. „Schau mal, Lamas!“

„Oh, irre!“, flüsterte Anne.

Auf einer kleinen Wiese hinter der Hütte grasten einige Lamas. Sie hatten wolliges, weißes Fell, lange Hälse und Gesichter wie Kamele. Ihre weichen Ohren hatten die Form von Bananen.

„Sind die süß!“, flüsterte Anne.

Philipp musste zugeben, dass Anne recht hatte: Die Lamas waren wirklich sehr süß.

„Ich mag Lamas!“, sagte Anne leise.

„Jeder mag Lamas!“, bestätigte Philipp.

„Aber ich mag sie richtig doll!“, betonte Anne.

„Wieso halten die Leute eigentlich Lamas?“, überlegte Philipp laut.

„Schau doch einfach nach!“, schlug Anne vor.

Philipp zog den Reiseführer raus und suchte im Stichwortverzeichnis nach ‚Lama‘. Er schlug die richtige Seite auf, dann lasen er und Anne:

Lamas sind die wichtigsten Tiere der Anden. Seit Jahrhunderten versorgen sie die Bewohner dieses Gebirges mit Wolle und tragen deren Lasten.
Die Inka glaubten, dass die Lamas von einem Sternenbild beschützt werden, das aussieht wie eine Lama-Mutter mit ihrem Baby. In alten Inka-Legenden heißt es, dass Lamas in vergangenen Zeiten sprechen konnten.

„Wie cool!“, meinte Anne lachend. „Sprechende Lamas!“

Der alte Mann und die Frau sahen jetzt zu Philipp und Anne rüber. Der Mann legte seine Flöte hin und dann standen er und seine Frau auf.

„Hallo, wir kommen in Frieden!“, rief Anne und ging den beiden lächelnd entgegen.

„O Mann!“, dachte Philipp und folgte ihr. Wie sollten sie erklären, wer sie waren?

„Ich heiße Anne und das hier ist mein Bruder Philipp“, sagte Anne. „Wir sind stehen geblieben, um der schönen Musik zuzuhören.“

Das Paar nickte lächelnd. Sie wirkten scheu, aber freundlich.

„Sie haben ganz wunderschöne Lamas!“, fuhr Anne fort. „Stimmt doch, Philipp, oder?“

„Äh ... hmmm ... ja, wir mögen Lamas sehr“, bestätigte Philipp.

„Woher kommt ihr beide, Philipp und Anne?“, fragte der Mann.

„Wir sind von Pepper Hill in Pennsylvania nach Peru gekommen“, erzählte Anne.

Die beiden alten Leute sahen ratlos aus.

„Jetzt wollen wir eigentlich nur wandern“, ergänzte Philipp rasch. „Äh, ich meine, laufen.“

„Kommt ihr aus dem Tal und seid den Jungen Berg hinaufgestiegen?“, fragte der Mann.

Philipp nickte. „Äh ... ja. Genau das haben wir getan.“

„Was für ein langer Weg!“, sagte die Frau. Ihre dunklen Augen sahen freundlich aus. „Möchtet ihr etwas essen?“

Philipp konnte nicht widerstehen. „O ja, bitte“, sagte er.

Die Frau nahm zwei Kartoffeln und wickelte sie in Blätter, die neben der Feuerstelle lagen. „Das sind ...“

Ehe sie ihren Satz beenden konnte, heulte eine Stimme aus dem Wald: „Großmutter! Großvater!“

„Topa!“, rief der alte Mann.

Ein kleiner Junge rannte über die Wiese. Er sah sehr viel jünger aus als Philipp und Anne. Während er auf seine Großeltern zurannte, ruderte er aufgeregt mit den Armen.

„Sie haben sie mitgenommen!“, schrie er ihnen schon von Weitem zu. „Sie haben Cria mitgenommen!“

„Wer hat sie mitgenommen?“, wollte seine Großmutter wissen.

„Zwei Männer“, heulte der Junge. „Sie hatten Speere und trugen Helme mit Federn dran.“

„Speere?“, dachte Philipp, „Helme mit Federn

dran? Wir sind offenbar wirklich sehr weit in die Vergangenheit gereist!“

„Kaiserliche Soldaten“, stellte der Großvater fest.

Die alte Frau hielt die Luft an und schüttelte dann den Kopf. „O nein!“, sagte sie und nahm ihren Enkel in die Arme. „Geht es dir gut?“

„Ja! Aber sie haben Cria mitgenommen!“ Der Junge fing wieder an zu weinen. „Bei der Brücke. Dort haben sie mir Cria weggenommen.“

„Wer ist Cria?“, wollte Philipp wissen. „Ist das deine kleine Schwester?“

„Nein!“, heulte Topa und hob den Kopf. „Nicht meine kleine Schwester. Mein kleines Lama!“

Diese Brücke?

„Sie haben dein kleines Lama gestohlen?“, wiederholte Anne.

„Ja!“, rief Topa. „Sie gehört mir!“

„Cria ist eine Waise – genau wie Topa“, erklärte der alte Mann. „Topa hat Cria über alle Maßen lieb! Er kümmert sich rührend um sie!“

„Ich habe versucht, gegen sie zu kämpfen“, erzählte Topa. „Aber sie haben mich einfach nur ausgelacht. Sie haben sie über die Brücke weggeführt. Es war so nebelig, dass ich sie nicht sehen konnte. Ich habe gehört, wie sie gelacht haben und wie Cria nach mir gerufen hat. Ihr kleines Glöckchen hat laut gebimmelt.“

„Warum haben sie sie gestohlen?“, fragte Anne.

Topa wischte sich über die Augen. „Einer der Männer hat gesagt: ‚Schnappt sie euch! Ihr Fell schimmert wie Silber. So eine wie die gibt es in der Geheimen Stadt nirgendwo!‘“

„In der Geheimen Stadt!“, flüsterte Topas Großmutter bestürzt.

„Die Geheime Stadt?“, wiederholte Philipp. „Was ist das denn?“

„Die Geheime Stadt liegt nicht weit vom Gipfel des Alten Berges“, erklärte Topas Großvater. „Wenn sie die Kleine tatsächlich dorthin gebracht haben, besteht keine Hoffnung!“

Topa stieß ein Heulen aus. Er vergrub seinen Kopf im Poncho seiner Großmutter und wurde von Schluchzern geschüttelt.

„Oh, Topa, es tut mir leid. Es tut mir ja so leid!", sagte die alte Frau und wiegte ihn.

„Das Kleine!", flüsterte Anne ihrem Bruder zu. „Der Alte Berg! Das kommt doch beides in unserem Gedicht vor!"

„Stimmt!", bestätigte Philipp und erinnerte sich an die erste Strophe:

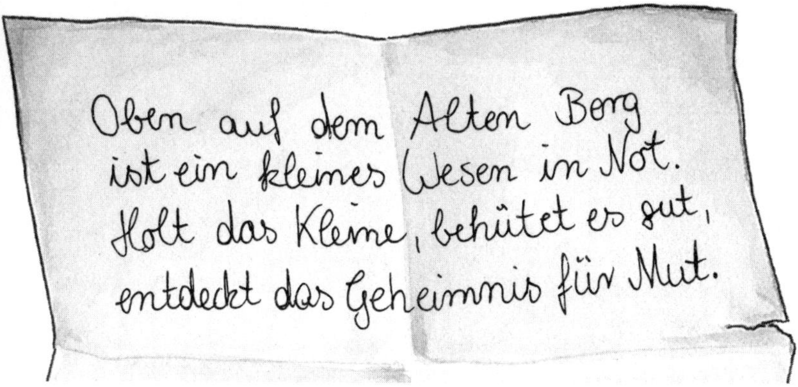

„Darin besteht unsere Aufgabe! Wir müssen das kleine Lama retten!", sagte Anne.

Topa hatte gehört, was Anne gesagt hatte, und wirbelte herum. „Ihr wollt helfen?", fragte er tränenüberströmt. „Ihr wollt Cria finden und wieder zu mir nach Hause bringen?"

„Wir wollen es versuchen", bestätigte Anne.

„Nein! Das geht nicht!“, widersprach der alte Mann streng. „Ihr dürft nicht in die Geheime Stadt. Niemand von uns darf das.“

„Kein Wort mehr darüber“, entschied die alte Frau. „Philipp und Anne sind aus dem Tal heraufgeklettert, Topa. Jetzt müssen sie nach Hause zurückgehen. Hier.“ Sie gab Philipp zwei in Blätter gewickelte geröstete Kartoffeln. „Nehmt die mit für unterwegs.“

„Oh ... okay ... Danke schön“, sagte Philipp und steckte die noch warmen Kartoffeln in seine Tasche.

„Großmutter, kann ich den beiden den kurzen Weg zurück ins Tal zeigen?“, fragte Topa und wischte sich die Tränen ab.

„Natürlich“, antwortete die alte Frau und nickte. „Zeige ihnen den Pfad und dann komm gleich wieder nach Hause.“ Sie wandte sich an Philipp und Anne. „Nachdem Topa euch den Weg gezeigt hat, schickt ihn bitte gleich wieder zu uns zurück.“

„Keine Sorge, das tun wir“, versicherte Philipp.

„Mir nach, Philipp und Anne“, sagte Topa.

Der kleine Junge lief ihnen voraus über die Wiese.

„Danke für die Kartoffeln“, sagte Philipp zu dem alten Paar. Dann liefen er und Anne los, um Topa einzuholen.

Als sie außer Sichtweite seiner Großeltern waren, ergriff Topa Annes Hand. „Ihr wollt jetzt noch gar nicht nach Hause gehen, stimmt's?“, fragte er. „Zuerst werdet ihr Cria in der Geheimen Stadt suchen, oder?“

„Ja, selbstverständlich. Wir versuchen es zumindest“, versprach Anne.

„Warte mal“, wandte Philipp ein. „Wir wissen doch gar nichts über diese Geheime Stadt. Was ist das?“

„Das weiß ich auch nicht“, antwortete Topa. „Weil es eben ein Geheimnis ist. Wieso, hast du Angst?“

„Nein, Angst habe ich keine“, behauptete Philipp. „Wie kommen wir dorthin?“

„Kommt mit, ich bringe euch zur Hängebrücke“, sagte Topa.

Philipp und Anne folgten dem Jungen, der zwischen Kiefern und Zedern vorausging. Topa führte sie durch hohe Farne und Büsche und unter Bäumen mit riesigen Samenkapseln entlang.

„Topa, was machen wir, wenn wir die Brücke überquert haben?“, fragte Anne. „Gibt es dort einen Pfad?“

„Ja, auf der anderen Seite führt der Alte Pfad in die Geheime Stadt“, bestätigte Topa. „Sie sind mit Cria dort entlanggegangen. Aber ihr solltet ihnen nicht folgen. Sie könnten euch sehen. Es gibt noch einen anderen Weg.“

„Wo finden wir den?“, fragte Philipp.

„Nachdem ihr die Brücke überquert habt, müsst ihr einfach quer durch das Unterholz zum Bergrücken hinaufsteigen“, erklärte Topa. „Ich habe gehört, wie Großvater mal gesagt hat, dass dieser Weg viel kürzer ist als der Alte Pfad. Aber ihr müsst euch vor Schlangen in Acht nehmen.“

„Schlangen?“, wiederholte Philipp. „Hast du Schlangen gesagt?“

Topa blieb stehen und drehte sich zu ihnen um. „Ja. Wieso? Habt ihr Angst vor Schlangen?“

„Nein. Gar nicht!“, behauptete Philipp. „Geh nur weiter.“

Topa führte sie durch Gestrüpp zum nebeligen Rand des Jungen Berges. In der Ferne rauschte ein Fluss. Voraus war der Gipfel des Alten Berges kaum zu erkennen, weil er teilweise hinter Wolken versteckt lag.

„Bitte sehr, das ist die Hängebrücke!“, sagte Topa.

Eine tief durchhängende Fußgängerbrücke erstreckte sich über die Schlucht zwischen den beiden weit voneinander entfernten Berggipfeln. Die Brücke schwang im Wind hin und her. Es sah aus, als sei sie komplett aus Seilen geknüpft, sogar das Geländer.

„Das ist die Brücke?“, rief Philipp. „Das ist nicht dein Ernst, oder?“

„Doch“, bestätigte Topa.

„Huch!“, machte Anne.

„Keine Sorge, ich schlage noch mal im Reiseführer nach“, sagte Philipp. „Es muss noch einen anderen Weg dort rübergeben.“

„Nein, den gibt es nicht", widersprach Topa. „Das hier ist der einzige Weg vom Jungen Berg zum Alten Berg."

„Aber diese Brücke sieht nicht sehr vertrauenerweckend aus", wandte Philipp ein.

„Die kaiserliche Garde ist hier hinübergegangen", sagte Topa. „Und Cria auch. Hast du Angst, darüber zu gehen?"

„Nein, natürlich nicht!", widersprach Philipp ärgerlich.

„Eigentlich hat Philipp schon Angst", sagte Anne. „Aber er ist ..."

„Anne! Eigentlich habe ich nämlich gar keine Angst", betonte Philipp.

„Oh. Na gut. Ich dachte ...", begann Anne.

„Vergiss es!", sagte Philipp. „Ich schaffe das! Komm schon. Wir überqueren diese Brücke!"

Bergkrankheit

„Vielen Dank, Philipp und Anne!“, sagte Topa. „Sobald wir auf der anderen Seite sind, werde ich euch durch den Wald zur Geheimen Stadt führen.“

„Nein, Topa“, widersprach Anne. „Es tut mir leid, aber du kannst nicht mitkommen. Wir haben deinen Großeltern versprochen, dass wir dich nach Hause schicken.“

„Aber ihr braucht mich doch, um Cria zu finden!“, rief Topa. „Ich bin schon alt genug! Und Angst habe ich auch keine!“

„Wir wissen, dass du sehr mutig bist, Topa“, beruhigte Anne ihn. „Deshalb musst du auch zurückgehen und dich um deine Großeltern kümmern. Sie brauchen dich!“

Topa wollte protestieren. Tränen standen ihm in den Augen.

„Wenn du nicht nach Hause gehst, werden wir nicht in die Geheime Stadt gehen“, sagte Anne. „Unser Versprechen müssen wir halten.“

Der kleine Junge seufzte. „Na gut. Ihr sollt gehen!“

„Wir sehen uns später wieder!“, versprach Anne freundlich. „Und Cria bringen wir mit!“

„Ihr müsst ganz vorsichtig sein“, sagte Topa. „Wenn die Soldaten euch entdecken ...“

„Ich weiß, das haben wir verstanden!“, erwiderte Philipp. „Komm, Anne, wir machen uns auf den Weg!“

Philipp betrat die Brücke, die sofort anfing, hin und her zu schwanken.

„Huch!“, rief Philipp.

„Vorsicht!“, mahnte Anne.

„Alles in Ordnung“, versicherte Philipp und hielt sich mit beiden Händen an dem Seil-Geländer fest.

Vorsichtig setzte er einen Fuß vor den anderen. Tief unter ihm schoss der schnell fließende Fluss ins Tal. Das schäumende Wasser floss in dem schmalen Flussbett zwischen steil aufragenden Bergwänden dahin.

Philipp blieb stehen. Bei diesem Anblick wurde ihm schwindelig.

„Nicht nach unten sehen!“, rief Anne ihm zu. „Ich bin direkt hinter dir!“

„Guter Rat!“, flüsterte Philipp, sah nach oben und holte tief Luft.

Zentimeter für Zentimeter schob Philipp seine Hände auf dem Seil-Geländer weiter nach vorn. Er ging vorsichtig Schritt für Schritt und schaute dabei stur durch den Nebel zum Gipfel des Alten Berges, der vor ihm lag. Sein Herz klopfte wild.

„So weit, so gut!“, rief Anne.

„Irgendwie schon ... so ähnlich zumindest“, flüsterte Philipp.

Die Brücke schaukelte. Unter sich hörte er das Tosen des Flusses. Doch er ging weiter, bis er die andere Seite erreicht hatte und den Alten Berg betrat.

Einen Augenblick später betrat auch Anne festen Boden.

„Geschafft!“, flüsterte Philipp.

„Viel Glück!“, schrie Topa. Der kleine Junge winkte ihnen vom anderen Ende der Brücke zu. Dann drehte er sich um und verschwand hinter den Bäumen. Philipp deutete zu einem steinernen Pfad, der von der Brücke wegführte. „Das muss der Pfad sein, den die Soldaten gegangen sind!“, vermutete er.

„Bestimmt“, bestätigte Anne. „Aber Topa hat ja gesagt, den Pfad sollen wir nicht nehmen. Wir sollen durch den Wald hinauf zur Geheimen Stadt gehen!“

„Warte mal“, bat Philipp. „Ich will erst mal etwas nachlesen.“ Er holte ihren Anden-Reiseführer hervor und suchte im Stichwortverzeichnis nach dem Eintrag ‚Schlangen‘. Er schlug die Seite auf und las vor:

In Peru gibt es 200 Schlangenarten.
Drei Arten, die man im Wolkenwald
der Anden findet, sind hier abgebildet.

Darunter war ein Foto von einer roten Schlange mit schwarzen und gelben Streifen. Die Bildunterschrift lautete:

Harmlose Milchschlange

Auf einem weiteren Foto war eine dunkle Schlange mit hellem Bauch abgebildet.

Synophis Bogerti,
eine extrem seltene Schlange

Das dritte Bild zeigte eine schwarz-grüne Schlange. Darunter war zu lesen:

Ungemein toxische Klapperschlange

„Oje!“, sagte Philipp.

„Was bedeutet denn *toxisch*?“, wollte Anne wissen.

„Das heißt, wenn diese Schlange dich beißt, könntest du davon sterben“, erklärte ihr Bruder und schloss das Buch. „Okay, ich habe eine Frage.“

„Welche?“, fragte Anne.

„Warum will Morgan, dass wir uns so sehr anstrengen, um ein kleines Lama zu retten?“, fragte Philipp. „Das ergibt doch gar keinen Sinn.“

Anne dachte einen Augenblick nach. Dann antwortete sie: „Doch, das ergibt einen Sinn. Denn manchmal haben gerade die kleinen Dinge große Bedeutung. Für Topa ist das kleine Lama das Wichtigste auf der Welt.“

„Okay, verstanden“, sagte Philipp und nickte. „Gehen wir weiter. Aber halte die Augen auf wegen der Schlangen. Ganz besonders nach den schwarz-grünen.“

Philipp und Anne gingen durch den dschungelartigen Wald, der zur Geheimen Stadt führte.

Während sie durch Gebüsch und Unterholz

bergauf gingen, hielt Philipp Ausschau nach Schlangen. Auch als sie sich durch Dornenranken, verflochtene Schlingpflanzen und stachelige Büsche zwängten, war er wachsam.

„Aua!", kreischte Anne.

Philipp zuckte zusammen. „Was ist los? Eine Schlange?", rief er.

„Nein, Dornen", antwortete Anne. „Ich habe mich zerkratzt."

„Das ist alles? Deshalb musst du doch nicht so einen Aufstand machen!", fand er.

„Hab ich doch gar nicht", stellte Anne klar. „Ich habe einfach nur Aua gesagt."

„Egal!“, sagte Philipp. „Vielleicht hätten wir doch den Pfad entlanggehen sollen. Auf dem gibt es vermutlich keine Dornen – und keine Schlangen.“

„Zu spät“, meinte Anne. „Jetzt gehen wir hier weiter.“

Philipp und Anne kletterten weiter. Je höher sie kamen, desto weniger aufmerksam wurde Philipp. Ihm war schwindelig und er bekam schlecht Luft.

Anne blieb stehen. „Was ist mit uns los?“, fragte sie schnaufend und keuchend.

„Lass uns eine Pause machen“, murmelte Philipp und blieb an einem Haufen Steine stehen.

„Gute Idee!“, fand Anne.

Nach Luft ringend, sanken sie beide zu Boden.

Philipp hatte das Gefühl, als müsse er sich gleich übergeben. „Vielleicht sind wir höhenkrank“, vermutete er.

„Was ist das?“, fragte Anne.

„So genau weiß ich das auch nicht, aber ich habe schon davon gehört“, sagte Philipp. Er holte den Reiseführer hervor und suchte nach dem Stichwort ‚Höhenkrankheit‘.

„Da steht es.“ Er las vor:

> Höhenkrankheit: Menschen brauchen Sauerstoff, um zu atmen. Je höher man klettert, desto weniger Sauerstoff ist in der Luft. Wenn man die Anden zu schnell besteigt, wird einem übel und man bekommt schlecht Luft. Am besten ist es, man geht langsam, damit der Körper sich daran gewöhnt, dass es weniger Sauerstoff gibt. Unbedingt viel trinken!

„Wasser haben wir keins“, stellte Anne schnaufend fest. „Aber wir können langsamer gehen.“

„Okay … langsamer …“, wiederholte Philipp.

Plötzlich sprang Anne auf die Füße. „Ahhhh!“, kreischte sie.

„Was? Was ist los?“, schrie Philipp und sprang ebenfalls auf.

„Schlangen!“, schrie Anne.

Ganz langsam beeilen!

Eine schwarz-grüne Schlange glitt aus dem Unterholz. Dann entdeckte Philipp eine zweite.

„Klapperschlangen!“, schrie er und lief los. „Toxisch!“

Die beiden Klapperschlangen glitten auf die Steine zu.

„Renn! Renn!“, schrie Philipp Anne zu.

„Geh langsam!“, ermahnte sie ihren Bruder und rannte ihm hinterher.

„Geh schneller langsam!“, drängte er.

Sie hasteten den Berg hinauf. Die Angst vor den Schlangen hatte ihnen einen Energieschub gegeben. Doch es dauerte nicht lange, da waren sie wieder erschöpft und außer Atem.

„Ich ... brauche .... eine Pause“, keuchte Anne.

„Da oben ... nicht weit ...“, erwiderte Philipp, „auf der Lichtung ... geh weiter.“

Die Geschwister strengten sich noch mehr an, zwängten sich durch Unterholz und vorbei an hohen Pflanzen, bis sie endlich auf einer freien Fläche standen.

„Hier ... Pause." Philipp brachte die Worte kaum über die Lippen.

Direkt unter dem nebeligen Berggipfel war der Wald gerodet worden. Einige niedrige Steinmauern waren am Hang gebaut worden und zwischen diesen Mauern lagen schmale, flache Felder.

„Was sind das für Mauern?“, wollte Anne wissen. Sie war immer noch außer Atem.

„Ich glaube, das nennt man Terrassen“, sagte Philipp. „Diese Mauern sollen verhindern, dass Felsen und Schlamm den Hang hinabrutschen.“

„Sieht aus ... wie eine Treppe für Riesen“, fand Anne. „Ich wette, ... dort geht es hoch ... zur Geheimen Stadt.“

„Stimmt“, bestätigte Philipp. „Lass uns ein bisschen ausruhen ... Genaueres herausfinden ... Aber zuerst ... nach Schlangen suchen!“

Alle beide schauten sich sorgfältig nach Schlangen um.

„Keine zu sehen!“, sagte Anne.

Die beiden ließen sich zu Boden sinken, lehnten sich mit dem Rücken an die erste Mauer und atmeten tief ein und aus. Philipp fühlte sich gleichzeitig schläfrig und leicht.

„Ich schlage mal ‚Alter Berg‘ nach“, sagte er, holte den Reiseführer aus seiner Tasche und suchte im Stichwortverzeichnis. „Hier habe ich es.“ Er las vor:

Machu Picchu heißt in der
Sprache der Inka *Alter Berg*.

„Was? Machu Picchu?“, wiederholte Philipp und war auf einmal hellwach.

„Onkel Josh war doch mal dort!“, sagte Anne. „Ich habe seine Fotos gesehen. Er ist mit dem Zug in die Berge gefahren.“

„Stimmt!“, bestätigte Philipp. „Jede Menge Touristen gehen zum Machu Picchu. Es ist eins der Weltwunder ... so wie die Große Mauer in China.“

Philipp blätterte um. Auf einem Foto waren verfallene Steinruinen auf einem Bergkamm zu sehen. Die Dächer der Gebäude waren verschwunden.

Philipp las weiter.

Die Festung Machu Picchu wurde vor fast sechshundert Jahren gebaut, als das Inkareich auf dem Höhepunkt seiner Macht stand. Es war ein geheimer Rückzugsort für die kaiserlichen Familien sowie deren Wachen und Diener. Machu Picchu wurde nur etwa einhundert Jahre lang genutzt. Nachdem das Inkareich untergegangen war, verfiel die Geheime Stadt zu Ruinen und geriet in Vergessenheit – bis Forscher sie im frühen zwanzigsten Jahrhundert wiederentdeckten.

„Das ist ja irre!", sagte Philipp. „Topa und seine Großeltern nennen Machu Picchu immer noch ‚die Geheime Stadt', dann sind wir ganz sicher viele hundert Jahre in die Vergangenheit gereist!"

„Du hast Recht!", stimmte Anne ihm zu. „Aber jetzt komm, wir müssen weiter."

„Warte. Lass uns noch einen Moment länger ausruhen, damit wir uns an den geringeren Sauerstoffgehalt der Luft gewöhnen", bat Philipp.

Sie atmeten tief ein und aus und versuchten, sich zu entspannen.

Schließlich stand Anne auf. „Ich glaube, jetzt bin ich bereit!“, meinte sie.

„Ich auch.“ Philipp steckte den Reiseführer wieder ein und schaute Anne an.

Sie machte das Daumen-Hoch-Zeichen und zeigte hinauf zur Geheimen Stadt.

„Ich sehe einen Pfad“, sagte sie und ging voraus zu einem Kiespfad, der zwischen den Terrassen den Hang hinaufführte.

„Nicht zu schnell!“, bat Philipp.

Langsam wanderten sie den Pfad hinauf. Die höhergelegenen Terrassen lagen in Wolken verborgen. Durch den Nebel sahen sie Menschen auf den schmalen Feldern arbeiten. Die Menschen benutzten hölzerne Schaufeln, um den harten Boden aufzulockern.

Philipp war froh, dass die Arbeiter die gleichen Ponchos und Mützen trugen wie sie beide und dass man durch den Wolkennebel nicht so viel sehen konnte. Hoffentlich würde niemand die beiden Kinder bemerken, die sich auf die Geheime Stadt zubewegten.

„Weitergehen!", wies Philipp seine Schwester an. „Und weiteratmen!"

Sie blieben auf dem Kiespfad. Als sie schon fast auf dem Berggipfel angelangt waren, erklommen sie die letzte Terrasse und standen vor einer hohen Mauer.

Philipp atmete schwer und war schweißgebadet. Die Geschwister rissen sich die Wollmützen vom Kopf und schnappten nach Luft.

„Mann, habe ich Durst!“, stöhnte Anne.

„Ich auch“, sagte Philipp. Seine Kehle war ganz trocken und rau. „Komm, weiter ...!“

Sie kletterten auf einen großen Felsen und schauten über die Mauer.

„Oh, irre!“, flüsterte Philipp.

Der Nebel hatte sich aufgelöst. Im strahlenden Sonnenschein lag die Festung Machu Picchu vor ihnen.

Die Geheime Stadt

Viele Reihen Häuser strahlten ihnen im Sonnenlicht entgegen. Die Gebäude waren aus behauenem weißem Stein gebaut und hatten gelbe reetgedeckte Dächer.

Den Mittelpunkt von Machu Picchu bildete ein großer grasbewachsener Platz, der terrassenförmig angelegt war. Viele Menschen schlenderten darauf hin und her. Sie trugen bunte Tuniken und Mützen, einige hatten rote Ponchos und lange Kleider angezogen, die meisten hatten sich außerdem mit goldenem, glänzenden Geschmeide und Federn geschmückt.

„Wir sind garantiert die einzigen Menschen aus unserer Zeit, die je im bewohnten Machu Picchu waren", meinte Anne.

„Bestimmt", flüsterte Philipp. „Aber vergiss nicht, dieser Ort ist ein Geheimnis. Wir dürften gar nicht hier sein."

„Ich weiß, ich weiß", erwiderte Anne.

„Wir müssen Cria schnell finden. Siehst du das kleine Lama irgendwo?“

„Nein, aber sie sind wahrscheinlich noch gar nicht hier angekommen“, vermutete Philipp. „Topa sagte doch, dass man auf dem Weg durch den Wald, den wir genommen haben, viel schneller ist als auf dem Alten Pfad. Komm, wir suchen mal eine Karte.“

Philipp holte ihren Reiseführer raus und fand eine Karte von Machu Picchu.

„Hier“, sagte er.

Anne deutete auf verschiedene Gebäude auf der Karte. „Kaiserlicher Palast ... Mond-Tempel ... Kondor-Tempel ...“

„Kondor?“, wiederholte Philipp. „Das ist ja interessant!“

„Na gut“, meinte Anne und blickte wieder auf die Karte. „Okay, hier ist der Heilige Platz und hier der Alte Pfad. Das ist der Weg, den die kaiserlichen Wachen mit Cria genommen haben. Sollen wir zum Ende des Alten Pfades gehen und dort auf sie warten?“

„Ja ... nein ... keine Ahnung ...“, stammelte Philipp. „Zuerst brauche ich ganz dringend Wasser!“

„Ich auch.“ Anne nickte. „Schlag doch mal ‚Wasser‘ nach.“

„Ich bezweifle, dass darüber etwas hier drinsteht“, meinte Philipp, aber er suchte trotzdem im Stichwortverzeichnis. „Hey! Hör dir das an: ‚Machu Picchu – Wassersystem‘.“ Er schlug die entsprechende Seite auf und las laut vor:

> Das Wassersystem von Machu Picchu ist eine der beeindruckendsten Besonderheiten der Stadt. Das System sammelte Regenwasser, das in einen Kanal floss. Mithilfe dieses Kanals und des Regenwassers bauten die Inka sechzehn Brunnen mit sauberem Trinkwasser, das für jedermann zugänglich war.

„Wahnsinn“, fand Anne. „Sechzehn Brunnen! Wir brauchen nur einen!“

Philipp las weiter im Buch.

„Sieh mal“, sagte er und deutete auf die Karte. „Einer ist hier am Rand dieses Platzes!“

„Super!“, rief Anne. „Lass uns dorthin schleichen.“

„Nein, nicht schleichen. Wir müssen so tun, als ob wir hierhergehören würden“, widersprach ihr Bruder.

„Na gut“, sagte Anne. „Setz deine Mütze wieder auf.“

Alle beide setzten sie ihre Mütze wieder auf.

„Ich fürchte, wir brauchen mehr als nur unsere Mützen“, meinte Philipp. Er schaute sich um und bemerkte zwei Holzschaufeln, die an eine Steinmauer gelehnt waren. „Die borgen wir uns mal kurz!“

Jeder der beiden nahm sich eine Schaufel.

„Hey! Das Ding wiegt ja eine Tonne!“, rief Anne.

„Aber echt!“, bestätigte Philipp. „Wir müssen trotzdem so gehen, als ob nichts wäre. So, als ob wir damit jeden Tag auf die Felder wandern!“

Sie schwangen ihre Schaufeln auf die Schultern.

„Los geht's!“, sagte Anne leise und dann schlenderten die beiden mit einer Gruppe Bauern in die Stadt.

Die Geschwister steuerten auf den Brunnen am Rand des grasbewachsenen Platzes zu. Sie begegneten Frauen in langen roten Röcken mit Babys auf dem Arm. Sie gingen an Kindern vorüber, die mit einem Ball von der Größe eines Basketballes spielten.

„Sei ganz cool“, flüsterte Anne.

„Klar!“, flüsterte Philipp zurück, obwohl er sich überhaupt gar nicht cool fühlte. Seine Schulter mit der Schaufel drauf fühlte sich an, als ob sie gleich brechen würde, und sein Herz hämmerte wie verrückt.

Sie gingen an einer Schmiede vorüber, in der Männer Metall bearbeiteten. Niemand schien sie zu beachten.

Als sie bei dem Brunnen ankamen, war Philipp froh, dass dieser von niedrigen Steinmauern umgeben war. Die Geschwister schlüpften durch die schmale Öffnung, setzten ihre Schaufeln ab und zogen sich die Mützen vom Kopf.

Glitzerndes frisches Wasser floss aus dem Brunnen.

„Wow!“, sagte Anne. Sie hielt ihre hohle Hand unter den Strahl und trank. Dann trat sie zur Seite.

Philipp setzte seine Brille ab, spritzte sich

kaltes Wasser auf sein heißes Gesicht und trank dann, so viel er konnte, bis Anne ihn an der Schulter schüttelte.

„Sie sind hier! Da sind sie!“, flüsterte sie.

„Wer? Was?“ Philipp wischte sich sein Gesicht am Poncho trocken. Dann setzte er seine Brille wieder auf und spähte durch die schmale Öffnung in der Mauer.

Zwei Männer kamen auf den Platz. Sie trugen Helme und hielten Speere in den Händen. Hinter ihnen gingen in einer langen Reihe weiße Lamas, die mit Stricken aneinandergebunden waren.

Man hörte kein Geräusch außer dem leisen Trippeln der Hufe und das zarte Klingeln eines kleinen Glöckchens.

„Hörst du das? Ein Glöckchen“, flüsterte Anne. „Schau, dort!“

Sie deutete ganz ans Ende der Lamagruppe. Das allerkleinste Lama hatte silbriges Fell und trug ein Halsband mit einem Glöckchen.

„Das ist Cria!“, wisperte Anne.

Jetzt oder nie

„Bist du dir ganz sicher, dass das Cria ist?", wollte Philipp wissen.

„Ja! Sie ist das einzige silbrige Lama. Sie hat ein Glöckchen um, und sie ist klein", antwortete Anne.

„Okay, okay!", sagte Philipp. „Aber wir können ja nicht einfach rüberlaufen und sie uns schnappen. Wir brauchen einen Plan!"

„Dann mach aber schnell!", drängte Anne. „Sie sieht erschöpft aus. Sie kann mit den großen Lamas nicht mithalten."

„Stimmt. Aber jetzt sind sie stehen geblieben", stellte Philipp fest.

Die beiden kaiserlichen Wachen waren auf der niedrigsten Terrasse des Platzes stehen geblieben. Sie ließen die Tiere dort zurück und kletterten hinauf zur höchsten Terrasse. Dann betraten sie durch ein Tor das größte Gebäude am Platz.

„Der kaiserliche Palast", murmelte Philipp, der sich die Karte gut eingeprägt hatte.

Einen Augenblick später kamen die beiden Wachen wieder heraus, gefolgt von vier weiteren Männern, die ebenfalls Speere trugen und Helme mit Federn dran aufhatten.

„Noch mehr Wachen“, flüsterte Anne.

Die Männer beschützten offenbar einen hochgewachsenen Mann, der hinter ihnen ging. Dieser Mann trug einen Umhang, der mit glitzernden Juwelen bestickt war. Goldene Ohrringe schmückten seine Ohren. Sein Kopfschmuck bestand aus goldenen Spulen und goldenen Federn, die aussahen wie Sonnenstrahlen.

Die Menschen auf dem Platz hielten inne bei dem, was sie gerade taten. Alle starrten den glitzernden, goldenen Mann an.

„Wer ist das?“, flüsterte Philipp.

„Schau im Buch nach!“, riet Anne.

Philipp holte den Reiseführer hervor und suchte rasch nach einem Bild, das einen Mann zeigte, der genau die gleiche Kleidung und denselben Kopfschmuck trug. Die Geschwister lasen gemeinsam:

> Kaiser Pachacuti regierte das Inkareich von 1438 bis 1471. Dieser grimmige Herrscher trug den Beinamen „Weltenveränderer“, weil er das größte Reich Südamerikas unter sich vereinte. Er hat die Geheime Stadt Machu Picchu gegründet.

„Jetzt verstehe ich das alles!“, flüsterte Anne. „Sie haben das kleine Lama als Geschenk für den Weltenveränderer mitgenommen. Wir müssen es zurückholen, ehe sie es ihm schenken!“

„Warte mal, warte!“, bremste Philipp seine Schwester. „Wir brauchen einen Plan!“

„Nein. Wir müssen jetzt handeln!“, widersprach Anne. „Er und seine Wachen achten nicht auf sie. Jetzt oder nie! Das ist unser Plan!“

Ehe Philipp sie zurückhalten konnte, trat Anne aus ihrem Versteck.

„Anne!“, flüsterte er.

Anne ging zu den Lamas. Philipp schaute sich um. Niemand schien Anne zu beachten. Aller Augen waren auf Kaiser Pachacuti gerichtet.

Ganz oben auf dem Platz unterhielten sich der Kaiser und seine Männer. Auch sie schienen nicht zu bemerken, dass Anne auf die Lamas zuging.

Anne ging ganz lässig zu dem kleinen silbernen Lama am Ende der Reihe. Sie tätschelte Cria am Kopf und flüsterte ihr etwas ins Ohr. Dann versuchte sie, das Tier loszubinden, aber sie bekam den Knoten im Seil nicht auf.

„Das dauert zu lange“, dachte Philipp verzweifelt. Er musste ihr zu Hilfe eilen.

Philipp trat aus seinem Versteck und lief auf Anne und Cria zu. Er hatte panische Angst, versuchte aber, ruhig und gelassen zu gehen.

Doch ehe er dort ankam, riss sich das kleine Lama vom Seil los und rannte quer über den Platz – weg von Philipp.

„Fang sie, Philipp!“, schrie Anne.

Die Leute auf dem Platz lachten und zeigten auf Cria. Einige der Inkakinder rannten ihr hinterher. Auch Philipp rannte auf das kleine Lama zu.

Er erreichte es als erster. Schnell packte er es und schlang seine Arme um das flauschige silbrige Tier.

Anne kam angelaufen. Sie hielt Crias kleinen Kopf und blickte ihr in die Augen. „Alles gut!“, beruhigte sie das Tier. „Alles gut! Wir bringen dich zurück nach Hause zu Topa.“

Das Lama schnüffelte an Annes Hand. Doch ehe Anne und Philipp mit ihm verschwinden konnten, rief irgendjemand: „Diebe!“

Philipp drehte sich um und sah die kaiserlichen Wachen mit erhobenen Speeren auf sie zurennen.

„Wir müssen sie zurück nach Hause zu ihrem wahren Besitzer bringen!“, erklärte Anne mutig. „Sie gehört unserem Freund Topa!“

Die Wachen griffen nach dem Lama.

„Halt!“, rief jemand.

Die kaiserlichen Wachen wichen zurück. Hinter ihnen schritt Kaiser Pachacuti auf Philipp und

Anne zu. Unter seinem goldenen Kopfschmuck hatte er rabenschwarzes Haar, dunkle Augen und ein zerfurchtes Gesicht.

„Wer seid ihr?“, verlangte er zu wissen und musterte die Geschwister.

„Ich bin Anne und das ist mein Bruder Philipp“, stellte Anne sie beide vor. „Und dieses kleine Lamamädchen heißt Cria. Sie gehört unserem Freund Topa. Er ist ein Waisenjunge und passt auf das kleine Lama so gut auf, als ob es zur Familie gehören würde.“

Philipp warf einen Blick auf die Wachen. Er wollte sie nicht noch mehr gegen sich aufbringen: „Cria hat sich wahrscheinlich auf dem Jungen Berg verlaufen.“

„Dort haben diese beiden netten Soldaten sie dann wohl gefunden“, ergänzte Anne und lächelte den beiden Männern, die Cria entführt hatten, zu. „Aber jetzt können wir das kleine Lama übernehmen, um es zurück nach Hause zu Topa zu bringen.“

Anne und Philipp warteten mit angehaltenem Atem.

Der Kaiser musterte das kleine Lama kühl. Cria erwiderte seinen Blick mit glänzenden großen Augen. Crias furchtloser Blick erinnerte Philipp stark an Anne.

„Mir gefällt dieses kleine Tier. Es hat eine ungewöhnliche Farbe“, sagte der Kaiser. „So eins besitze ich noch nicht. Es wird hierbleiben!“

„O nein“, dachte Philipp. „Was nun?“

„Es tut mir wirklich leid“, sagte Anne. „Aber ich fürchte, Cria möchte nicht hierbleiben. Sie findet es hübsch hier und sie findet Sie echt super, aber sie möchte lieber nach Hause zu dem kleinen Jungen, der sie lieb hat.“

„Genau“, bestätigte Philipp nervös. „Das … das möchte Cria …“

„Und woher wollt ihr wissen, was dieses Tier möchte?“, fragte der Kaiser.

„Äh … na ja …“, Philipp wusste nicht, was er sagen sollte.

„Lass mich mal machen“, flüsterte Anne ihm zu und wandte sich dann an den Kaiser: „Das wissen wir, weil sie uns das gesagt hat.“

Der Kaiser sah sie belustigt an. „Was? Dieses Lama spricht mit euch?“

„Ja, das tut sie“, bestätigte Anne.

„O nein, das wird nicht klappen!“, dachte Philipp.

Anne nickte und sah ihren Bruder an. „Sie spricht. Stimmt doch, oder?“ Und ganz leise wiederholte sie die Gedichtzeile: „,… helfen euch alte Sagen …“

Da fiel Philipp ein, was er in dem Reiseführer gelesen hatte: „In alten Inkalegenden heißt es, dass Lamas in vergangenen Zeiten sprechen konnten.“

„Äh … ja, das Lama spricht mit Anne!“, bestätigte Philipp.

Die kaiserlichen Wachen lachten. Die Zuschauer in der näheren Umgebung murmelten leise und aufgeregt.

„Zeigt es uns“, befahl der Kaiser. „Zeigt uns allen, wie dieses kleine Lama spricht.“

Uralte Magie

Philipp hielt die Luft an.

„Kein Problem“, sagte Anne. Sie kniete sich neben Cria und schaute ihr tief in die Augen.

Das kleine Lama klimperte mit seinen langen Wimpern.

„Was möchtest du, Cria?“, fragte Anne sie.

Dann hielt Anne ihr Ohr nahe an Crias Maul und nickte, so als ob das Lama ihr etwas ins Ohr flüstern würde.

„O nein!“, dachte Philipp. „Darauf wird er doch niemals hereinfallen.“

Anne hob ihren Blick zum Kaiser. „Sie sagt, dass sie gerne nach Hause gehen würde.“

Der Kaiser runzelte die Stirn, dann brach er in Gelächter aus. „Ich verstehe: Ihr spielt ein Kinderspiel“, sagte er. „Genug davon. Du und dein Bruder geht jetzt nach Hause. Das Lama werde ich behalten.“

„Oh … warten Sie doch bitte“, bat Anne.

„Ich werde ihr sagen, dass sie lauter sprechen soll."

„Anne ...", begann Philipp.

„Pssst!", machte seine Schwester und flüsterte noch einmal etwas in Crias Ohr. Dann sah sie lange in die großen Augen des kleinen Lamas.

Cria erwiderte Annes Blick mit wachen Augen. Dann begann sie zu sprechen.

„Topa!", sagte Cria leise. „Zurück zu Topa gehen!"

Philipp war sprachlos und fing an zu lachen. Wie hatte Anne das gemacht? Wie konnte Cria sprechen?

Der Kaiser hielt die Luft an und starrte das kleine silberne Lama staunend an. Die Menge auf dem Platz verstummte. Die Wachen und die Menschen auf dem Platz beobachteten alles voller Ehrfurcht.

„TOPA", wiederholte Cria, „ZURÜCK ZU TOPA GEHEN!"

„Haben Sie das gehört?", fragte Anne.

„Topa ist der Junge, der für sie sorgt. Sie will zu ihm zurückgehen. Sie haben es gehört, oder?" Anne wandte sich an Cria. „Sag es noch einmal. Sag es ganz laut!"

„ZURÜCK ZU TOPA GEHEN. GLEICH!", sagte Cria klar, deutlich und laut.

Der Kaiser sah verblüfft aus. Dann wurde sein Gesichtsausdruck auf einmal weich. „Ich sehe, dass das kleine Lama diesen Jungen sehr lieb hat", sagte er. „Ihre starken Gefühle für ihn haben ihr die Gabe der menschlichen Sprache verliehen."

„Das stimmt", bestätigte Anne. „Und Topa hat Cria genauso lieb. Sie bedeutet ihm alles!"

Kaiser Pachacuti nickte. „Ihr müsst sie zu ihm zurückbringen!", entschied er.

„Wirklich?“, fragte Philipp.

„Ja.“ Der Kaiser wandte sich an seine Wachen und an die Menschen, die dabeistanden. „Das Wunder-Lama hat gesprochen. Seinen Wünschen soll entsprochen werden!“

„Vielen Dank!“, sagten Philipp und Anne.

„Komm mit, Cria. Wir gehen nach Hause zu Topa“, sagte Anne.

Das kleine Lama machte einige zögernde Schritte.

Die Menschenmenge teilte sich schweigend, um Philipp, Anne und Cria durchzulassen.

Philipp blickte geradeaus. Er wagte es nicht, zurückzuschauen aus Furcht, der Kaiser könnte es sich doch noch anders überlegen.

„Durch den Wald können wir mit Cria nicht gehen“, murmelte Philipp leise. „Lass uns den Weg gehen, den sie gekommen ist, den Alten Pfad. Der ist auf der Karte eingezeichnet.“

„Verstanden!“, flüsterte Anne zurück.

„Hier entlang. Durch den Torbogen“, sagte Philipp. „Geh schneller!“

Die Geschwister gingen schneller. Das silberfarbene Lama lief mit federnden kleinen Schritten neben ihnen her. Es schien genau zu wissen, dass es auf dem Heimweg war.

Philipp führte sie durch den steinernen Torbogen. Vorbei an den Wachen, die auf beiden Seiten standen, und Cria voller Bewunderung hinterhersahen, als sie an ihnen vorbeitänzelte.

Auf der anderen Seite des Torbogens führte ein steiniger Pfad durch Gestrüpp. Sobald sie auf dem Alten Pfad waren, atmete Philipp ruhiger.

„Wie hast du das gemacht?“, wollte er wissen. „Wie hast du sie dazu gebracht, zu sprechen? Was ist passiert?“

„Ich habe mich an unser Gedicht erinnert“, erklärte Anne. „Und daran, was im Reiseführer stand über die alten Legenden, in denen Lamas sprechen konnten. Ich habe einfach geglaubt, dass das wahr sein könnte. Und Cria hat es ebenfalls geglaubt. Also hat sie gesprochen. Ganz einfach!“

„Nicht einfach!“, widersprach Philipp mit einem breiten Grinsen, „unmöglich!“

Anne, Philipp und Cria kamen auf dem gewundenen Pfad rasch voran. Als sie um eine Kurve gingen, blieb Philipp auf einmal mit angehaltenem Atem stehen.

Von hier aus sah man den langen Pfad vor sich liegen. Er führte genau am Abgrund entlang und tief unten tobte der Fluss zwischen dem Alten und dem Jungen Berg.

„O nein!“, flüsterte Philipp. „Dieser Weg sieht ja genauso gefährlich aus wie die Hängebrücke!“

„Alles gut“, beruhigte Anne ihn. „Wir schaffen das. Denk daran: Nicht nach unten schauen!“

Philipp zwang sich, den Blick von dem steilen Abgrund abzuwenden.

„Okay“, murmelte er. „Hier müssen wir im Gänsemarsch gehen. Mir nach. Cria nehmen wir in die Mitte.“

„Kein Problem“, sagte Anne. „Mach dir um uns keine Sorgen. Bleib immer nah an der Bergwand.“

Philipp ging auf dem steinigen Pfad voraus nach unten. Hinter sich hörte er das leise

Klackern von Crias Hufen und das Läuten ihres Glöckchens.

Er zwang sich, immer geradeaus zu blicken, während er, Anne und Cria auf dem gewundenen Pfad bergab stiegen. Es ging ein sanfter Wind.

„Sieh nur, Philipp!“, rief Anne.

„Ich kann nicht. Sag nicht, ich soll irgendwohin schauen!“, antwortete er.

„Aber das sind gute Neuigkeiten!“, verkündete Anne. „Ich kann die Brücke sehen. Es ist gar nicht mehr weit!“

„Cool!“, murmelte Philipp.

Dass die Brücke nicht mehr weit war, das war eine gute und eine schlechte Nachricht in einem. Wie sollten sie mit einem Lama dort hinüberkommen? Wie hatten die Soldaten das geschafft?

„O nein! Das ist ja unglaublich! Schau mal, Philipp!“, rief Anne.

„Ich habe doch gesagt: Ich kann nicht!“, wiederholte Philipp.

„Nein, nicht runter. Schau nach oben. Hoch in den Himmel!“, bat Anne.

Philipp schaute nach oben. „Oh ... Irre!“, flüsterte er.

Kondore.

Im Schatten des Kondors

„Du hast doch gesagt, dass Kondore nur kleine Tiere jagen?“, versicherte sich Anne.

„Manchmal. Nicht nur“, korrigierte Philipp.

„Und jetzt? Machen sie etwa Jagd auf Cria?“, schrie Anne.

„Nein, nein. Halt. Nicht weitergehen!“, rief Philipp.

Anne, Cria und er blieben stehen.

Philipp und Anne lehnten sich an den Berghang und schauten nach oben, wo die riesigen Geier über ihnen kreisten. Einer segelte direkt auf sie zu.

„Wir müssen Cria beschützen!“, rief Anne und schlang ihre Arme um das kleine Lama. „Ich werde sie tragen!“

„Das kannst du nicht“, wandte Philipp ein. „Sie ist zu schwer.“

„Dann tragen wir sie gemeinsam!“, beschloss Anne.

„Nein, dafür ist der Pfad nicht breit genug!“, wehrte Philipp ab.

„Was dann?“, fragte Anne.

„Ich werde sie tragen“, entschied Philipp.

Philipp legte seine Arme um das kleine Lama und hob es langsam und vorsichtig hoch.

„Oh!“, rief er und wäre fast hingefallen.

Er fand sein Gleichgewicht wieder und holte tief Luft. Dann marschierte er mit dem kleinen Lama auf dem Arm den schmalen Pfad abwärts.

„Halte sie gut fest!“, mahnte Anne.

„Ich versuche es!“, keuchte Philipp.

Ein Kondor kam näher. Seine riesigen Schwingen warfen einen Schatten auf sie.

Philipp konnte es nicht fassen, wie ungeheuer groß dieser Vogel war.

„Weg mit dir! Lass uns in Ruhe!“, schrie Anne.

„Cria ist zu schwer! Wir müssen noch mal anhalten“, sagte Philipp. „Wir brauchen einen neuen Plan!“ Er setzte das kleine Lama vorsichtig wieder zu Boden.

Anne schlang ihre Arme um Cria und Philipp zog den Reiseführer aus seiner Tasche. In seiner Angst stieß das kleine Lama hohe Schreie aus.

„Alles gut! Alles gut!“, versuchte Anne, das Tier zu beruhigen.

„Ganz ruhig! Wartet“, bat Philipp.

Er fand die Seite über den Kondor und las die Bildunterschrift unter einem Foto.

Die riesigen Kondore in den Anden bekleideten einst einen besonderen Ehrenplatz. In den alten Sagen werden sie als ganz außergewöhnliche Tiere beschrieben, die Nachrichten von der Erde in den Sternenhimmel tragen.

„Oh ... okay. Verstanden!“, murmelte Philipp.

Er schlug das Buch zu und wusste auf einmal ganz genau, was er tun musste. Er erinnerte sich an eine weitere Information über Lamas, die er in dem Reiseführer gelesen hatte: „Die Inkas glaubten, dass die Lamas von einem Sternenbild beschützt werden, das aussieht wie eine Lama-Mutter mit einem Baby-Lama."

„Hey! Du da!", schrie Philipp dem Kondor zu, der immer noch über ihnen kreiste. „Hey! Du da! Hör mir zu! Bring eine Nachricht für mich hinauf in den Sternenhimmel! Richte dem Lama-Sternenbild aus, dass es dieses kleine Lama hier ganz besonders gut beschützen soll! Flieg! Sofort! Bitte!"

Der Kondor segelte noch einen Moment weiter, dann kippte er seine Schwingen und sauste nach oben. Die anderen folgten ihm. Die Gruppe der riesigen Vögel glitt anmutig durch die Lüfte und verschwand schließlich hinter dem Berggipfel.

„Philipp! Es hat geklappt!“, schrie Anne. „Wie hast du das gemacht?“

„Ich ... keine Ahnung! Ich habe das Gleiche getan, was du mit Cria gemacht hast. Ich habe daran geglaubt, dass die alten Inkalegenden wahr sein könnten“, erklärte Philipp. „Und ich glaube, der Kondor hat das auch geglaubt.“

„Tolle Idee!“, lobte Anne. „Jetzt weiter zur Brücke!“

Philipp, Cria und Anne gingen im Gänsemarsch weiter bergab. Die Hängebrücke war jetzt schon zu sehen. Und tief unten donnerte der Fluss zwischen riesigen Felsen ins Tal. Als sie die Brücke erreicht hatten, versuchte das kleine Lama umzudrehen.

„Halt!“, rief Philipp und hielt es auf. Er sah ihm in die Augen. „Erinnerst du dich, dass du hier schon einmal drüber gegangen bist? Mit den Soldaten und den anderen Lamas? Du schaffst das!“

„Du schaffst das!“, bestätigte Anne. „Außerdem sind Philipp und ich ja bei dir!“

„Ich gehe voran!“, entschied Philipp und betrat die schwankende Brücke. Sie wackelte bei jedem

Schritt, den er machte. Aber er ging unbeirrt weiter.

Hinter sich hörte Philipp Crias Glöckchen stetig bimmeln. Und er hörte Anne murmeln: „Gut machst du das ... immer weitergehen ...!“

Annes beruhigende Stimme und Crias Glöckchen stärkten Philipp den Rücken und gaben ihm Mut. Schließlich erreichten sie die andere Seite. Einer nach dem anderen betraten sie den festen Boden des Jungen Berges.

„In Sicherheit!“, jubelte Anne.

„So weit, so gut!“, meinte Philipp.

Cria hüpfte um die beiden herum, wobei ihr Glöckchen bimmelte.

„Bring uns zu Topa!“, bat Anne.

„Folgt mir“, sagte das kleine Lama und lief ihnen voraus in den Wolkenwald.

„Komm mit!“, rief Anne und rannte Cria hinterher.

„Warte mal!“, sagte Philipp. Er lief ebenfalls los. „Hast du auch gehört, dass Cria eben: ‚Folgt mir!‘ gesagt hat?“

„Du hast es doch gehört!“, meinte Anne.

„Unmöglich!“, erwiderte Philipp und lachte.

Die drei liefen durch Farne, über Wurzeln und Steine, bis sie Holzfeuer rochen und Flötenmusik hörten.

Auf der Lichtung im Wald saßen Topa und seine Großeltern vor ihrer Hütte. Der alte Mann spielte eine traurige Melodie. Seine Frau versuchte, Topa zu überreden, etwas zu essen. Aber der Junge wollte nicht.

Das kleine Lama blökte leise.

Topa hob den Kopf. „Cria!“, schrie er und das kleine Lama rannte auf ihn zu, um ihn zu begrüßen.

Das Geheimnis des Mutes

Crias Glöckchen bimmelte, als Topa seine Arme um das kleine Lama schlang.

„Vielen Dank, Philipp und Anne!“, rief er.

„Wie habt ihr es geschafft, sie von den Wachen zurückzubekommen?“, fragte der Großvater.

„Wir ... äh ... haben sie gefunden“, behauptete Anne. „Auf dem Berg.“

„Ja, es muss ihr wohl gelungen sein, den Wachen zu entkommen“, ergänzte Philipp. „Also haben wir sie zu Topa zurückgebracht.“

„Wie wunderbar!“, sagte Topas Großmutter.

„Fang mich, Cria!“, rief Topa und das kleine Lama raste ihm im Gras hinterher. Während Topa mit Cria auf der Wiese spielte, reichte seine Großmutter den Geschwistern zwei Becher Wasser.

„Möchtet ihr bleiben und mit uns essen?“, fragte sie.

„Oh, das habe ich ganz vergessen. Wir haben ja noch unsere Kartoffeln!“, sagte Philipp.

Er holte sie aus der Tasche und gab Anne eine davon.

Philipp und Anne aßen ihre kalte gebackene Kartoffel. Auch Topa aß eine Kartoffel. Dann rupfte er eine Handvoll Gras für Cria und fütterte sie aus der Hand. Das kleine Lama fraß hungrig.

Als sie alle ihr verspätetes Mittagessen beendet hatten, ruhten sie sich einen Augenblick schweigend aus. Cria und Topa saßen nebeneinander im Gras. Der alte Mann fing wieder an, auf seiner Flöte zu spielen.

Von der beruhigenden Musik wurde Philipp ganz schläfrig.

Anne stupste ihn an. „Zeit, nach Hause zu gehen!“

„Oh, okay.“

Philipp stand auf.

„Vielen Dank, dass ihr uns geholfen habt!“, sagte Topas Großmutter.

„Auf Wiedersehen, Philipp und Anne! Und noch mal vielen Dank!“, verabschiedete sich Topa.

„Pass gut auf Cria auf!“, sagte Philipp.

„Und du, Cria, pass gut auf Topa auf!“ Anne streichelte dem kleinen Lama über das silbrige Fell.

Cria schaute Anne und Philipp an und klimperte mit ihren langen Wimpern. Sie sah aus, als ob sie lächeln würde.

Philipp und Anne winkten ein letztes Mal und liefen dann zurück in den Wolkenwald.

„Wo ist unser Baumhaus?“, fragte Anne.

„Mir nach!“, antwortete Philipp. „Ich weiß ziemlich genau, wo es ist.“

Sie drängten sich eine Weile durch riesige Farne, stolperten über Steine und Wurzeln, umrundeten Bäume und standen schließlich an der Strickleiter zum Baumhaus.

„Jippie! Du hast es gefunden!“, jubelte Anne.

Die Geschwister kletterten nach oben ins Baumhaus. Aus der Ferne drang Flötenmusik zu ihnen.

„Von dieser schönen Musik bekomme ich Heimweh!“, meinte Anne.

„Ich auch“, gestand Philipp.

„ZURÜCK ZU MOM GEHEN“, sagte Anne und imitierte Crias leise Stimme.

„ZURÜCK ZU DAD GEHEN“, sagte Philipp.

Anne nahm das Pennsylvania-Buch in die Hand und suchte das Foto vom Wald in Pepper Hill.

„Ich wünschte, wir wären dort!“, sagte sie, indem sie darauf deutete.

Wind kam auf.

Das Baumhaus fing an, sich zu drehen.

Es drehte sich schneller und immer schneller.

Dann war alles wieder still.

Totenstill.

Ein warmes Lüftchen wehte durch das Baumhaus. Es roch nach Sommer und Sonne.

Philipp und Anne trugen wieder Shorts, T-Shirts und Turnschuhe. Philipps gewebte Tasche hatte sich in seinen Rucksack zurückverwandelt.

„Zu Hause!", stellte Anne fest. „Rechtzeitig fürs Picknick!"

Philipp griff in seinen Rucksack und holte ihren Reiseführer *Die Anden in Peru* hervor und legte ihn auf den Boden. Dann nahm er Morgans Gedicht zur Hand und las es noch einmal.

„Oje!", sagte er.

„Was ist los?", wollte Anne wissen.

„In dem Gedicht steht noch etwas, das wir nicht getan haben", antwortete Philipp.

„Was?", wollte Anne wissen.

„Wann haben wir das Geheimnis für Mut gefunden?", fragte Philipp.

„Keine Bange, das haben wir erledigt!", beruhigte Anne ihn. „Komm, lass uns gehen." Sie kletterte die Strickleiter nach unten.

„Warte mal!", bat Philipp.

Er legte Morgans Gedicht auf den Fußboden des Baumhauses, dann hängte er sich seinen Rucksack um und kletterte hinter Anne die Leiter nach unten. Gemeinsam liefen sie durch den Wald von Pepper Hill.

„Wann haben wir das Geheimnis für Mut gefunden?", wiederholte Philipp seine Frage.

„Na ja, zuerst hattest du doch Angst davor, die Hängebrücke zu überqueren", antwortete Anne.

„Nein! Hatte ich gar nicht!", widersprach Philipp.

„Doch, hattest du“, behauptete Anne. „Du hattest auch Angst davor, die Geheime Stadt zu betreten. Und du hattest Angst, den Alten Pfad entlangzuwandern.“

„Na gut. Und worauf willst du hinaus?“, fragte Philipp leicht gekränkt. „Dass ich nicht mutig genug bin? Das weiß ich selbst!“

„Im Gegenteil: dass du mutig bist. Sehr mutig sogar!“, stellte Anne klar. „Du hast all das getan, obwohl du Angst hattest. Ich hatte ja auch Angst. Aber uns war es wichtiger, Cria zu retten, als auf unsere Ängste zu hören. Deshalb sind wir über die Hängebrücke gegangen, haben die Stadt betreten und Cria auf dem schmalen Bergpfad zurückgeführt.“

„Dann sind wir am Ende doch mutig gewesen“, stellte Philipp fest.

„Genau“, bestätigte Anne und lächelte Philipp an. „Niemand kann mutig sein, ohne sich zuerst zu fürchten. Angst zu haben und mutig zu sein, gehört zusammen.“

„Hmmm“, machte Philipp.

„Genau das ist das Geheimnis für Mut“, erklärte Anne.

„Oh, ach so!“ Philipp holte tief Luft.

„Hey, jetzt sollten wir uns aber besser beeilen. Wir wollen doch ein Picknick machen!“, meinte Anne. „Bereit?“

„Zu allem bereit!“, erwiderte Philipp.

Dann rannten Anne und er durch den Wald von Pepper Hill nach Hause.

Mary Pope Osborne lernte schon als Kind viele Länder kennen. Mit ihrer Familie lebte sie in Österreich, Oklahoma, Florida und anderswo in Amerika. Nach ihrem Studium zog es sie wieder in die Ferne und sie reiste viele Monate durch Asien. Schließlich begann sie zu schreiben und ist damit außerordentlich erfolgreich.
Bis heute sind schon über hundert Bücher von Mary Pope Osborne erschienen. *Das magische Baumhaus* ist in den USA und in Deutschland eine der beliebtesten Kinderbuchreihen.

Petra Theissen, 1969 geboren, studierte nach dem Abitur Grafikdesign an der Fachhochschule in Münster. Seit Abschluss ihres Studiums ist sie als freie Werbe- und Kinderbuchillustratorin tätig und mag mit niemandem tauschen: Sie kann sich keinen schöneren Beruf vorstellen.